최재웅 시집

자하문 고개 너머 마을

자하문 고개 너머 마을

최재웅 시집

한누리미디어

나는 다섯 살에 해방을 맞았고, 열 살에 전쟁을 겪었다.

가난과 혼란, 기아와 질병, 가뭄과 홍수, 그 시절을 지나온 사람들에게 누구나 말로 다할 수 없는 상흔이 마음 한쪽에 자리하고 있다.

나도 역시 그랬다. 어린 시절의 공포와 결핍, 가족이 겪어야 했던 수난과 갑작스러운 이별, 청·장년기에 마주한 삶의 파도와 시대의 변동 속에서 생각지 않았던 순간들이 한 사람과 내면을 형성해 왔다.

그러나 그런 상처와 무력함 속에서도 삶은 끊임없이 흘러갔고, 가족을 이루고, 일하며, 노년의 문턱에 서기까지 수많은 계절을 건너왔다. 돌아보면, 잦은 상실과 회한 속에서도 삶을 지탱하게 한 것은 작은 기쁨, 소박한 관계 그리고 그저 하루를 견디게 해준 조용한 '복福'의 결들이었다.

이 시집은 그 지난至難한 삶의 시간들 사이에서 조금씩 되살아난 기억과 사유의 단편들을 한 편의 시로 옮겨 담은 기록이다.

특별하고 거창한 이야기는 없다.

오히려 내세울 것 없고, 때로는 비좁고, 때로는 어둡고, 때로는 외로운 그런 삶의 낮은 자리에서 바라본 시간의 표정들이다.

나는 이 시들을 통해 스스로를 다독이고, 나를 빚어온 세계를 다시 한번 돌아보고자 했다.
자하문 고개를 넘을 때마다 스치던 바람, 늦은 오후의 빛, 오래된 인연과의 마주침, 삶의 끝자락에서 비로소 보이는 산길의 풍경들이 오랜 침묵을 깨고 언어가 되어 다가왔다.

이 시집이 비슷한 시간들을 살아낸 누군가에게는 작은 위안이, 다른 시대를 살아가는 독자에게는 한 개인의 삶을 통해 들여다본 한 시대의 감정적 기록이 되기를 바란다.

삶의 높고 낮음을 지나온 수많은 이들의 마음에 아주 작은 빛 하나라도 닿을 수 있다면 그것으로 족하다.

2025년 12월

최 재 웅

차례

시인의 말 · 8

1부 _ 비문일기

2부 _ 저문 마음의 방

차례

4부 _ 남은 날의 온기

차례

6부 _ 시작과 마침표

차례

7 부 _ 자하문 고개 너머 마을

비문일기

향수鄕愁

경부선 철길 따라 흐르는 청도강淸道江 건너면
막냇고모 집엔
주황색 감이 주렁주렁 달리고
유천역兪川驛 마당 아래 찐빵집 창틈으로
김이 무럭무럭 피어난다

고향 마을 산자락 논밭마다
오곡이 영글고
옆집 아지매는 소쿠리 끼고 콩잎 따러 간다

아이들은 병 들고 메뚜기 잡으러 달리고
마구간 암소는 음매, 팔려간 송아지를 부른다

사랑채 마루에서 재떨이 두드리는
할아버지 기척에
아버지는 신발 끈을 급히 꿴다
고래논 도랑의 통발에는
오늘도 미꾸라지가 들었을 테지

방앗간 김 포수는 개 한 마리 데리고

동네 모리꾼을 부른다
산등성이 둘러선 모리꾼들의 깡통 소리
김 포수 총소리

선불 맞은 노루 한 마리
산 아래 논으로 내달리다
그 자리에 주저앉고
그날 저녁엔
온 동네 밥상에
노루고기가 올랐다

정월 대보름이면 뒷산 청솔가지 모아
윗마을 넓은 논에 달집,
아랫마을 작은 논에 별집을 짓는다
장가 든 사위들 내기 부치고
아이들 노적봉露積峯에 올라
달을 기다린다
“달떴다” 소리치면
달집, 별집에 불을 지르고
청솔가지 연기로 뒤덮인 하늘 아래

보름달은 두둥실 앞산 위로 오른다
북과 징, 꽹과리, 장구 소리에
온 마을이 흔들리던 그 밤

그 즈음, 아랫동네 길동이는
우리 뒷집 갑분이와
보리짚 더미 속에서 연애하다
부모 몰래 밤기차 타고
부산釜山으로 갔다더라

서울 북한산 자락엔
지금 들국화가 피는데
고향 마을 뒷산엔
할아버지, 할머니, 아버지, 어머니
먼저 간 동생이 누워있다
앞산에는 머슴 살던 돌이까지 누워
다가올 눈바람 막을 갈잎이 쌓이겠지

세월은 모두 흘러
멀리 멀리 떠나고

옛 이야기 흔적만 남은
동화 같은 마을

나그네 인생의
꿈속 쉼터
아― 잊을 수가 없구나

유년단상幼年斷想

바닥이 드러난 저수지 둑에서
기우제를 지낸 날 밤
산골동네는
개울물 소리도 들리지 않고
으스스한 밤이 범니마골에서 내려온다

돌이는 청솔가지 위에 마른 쑥을 얹고
모깃불을 피운다
엄마는 마당 평상 위에 삼베 이불을 펴고
곰방대를 문 할아버지가
사랑채에서 나와 평상에 자리할 때면
연기는 마당에 자욱해진다

나는 할아버지 옆에 누워 하늘을 보았다
은하수가 반짝이며 길게 흐른다
칠월칠석에는 견우와 직녀가
은하수를 건너 오작교에서 만난다지
감나무에서 소쩍새가 울고
대나무 숲에서는 쭉쭉새가 따라 운다

뒷골 말이 없던 아지매는
시어머니 구박에
밝은 달밤
빈지소濱池沼 바위 위
고무신에 달빛 담아두고
소복치마 쓰고 뛰어내렸다네

아랫마을 새악시는
주정뱅이 낭군의 매에 못이겨
단옷날 그네 타던
뒷산 밤나무에 목을 매었단다

마구간에 어미소는
팔려간 송아지 생각에
식식대며 방울을 흔든다

밤도 이슥한데
모깃불은 사그라들고
범니마골 늑대가
담 밖 헛간에 가둬둔

염소새끼를 물고 가도
할아버지는 코를 곤다

은하수는
노적봉 자락에 별빛을 뿌려도
산골 동네는 인기척이 없다

이 가을에는
흉년이 들려나
풍년이 오려나

숫쩍 숫쩍
숫적다 숫적다

비문일기 卑門日記

1940년 8월
일찍 개명開明한 중부仲父는
군청 주사主事가 되어
일제의 창씨개명創氏改名을 따랐다
할아버지와 아버지는
가을마다 타작마당에서 공출供出 가마를 묶었다
그 날은 술을 마셨다
내일부터 농사를 그만두기로 작정한 듯이

1945년 8월 해방이 된 그 해 가을엔
공출 가마를 묶지 않았다
장부를 들고 오던 이장이 보이지 않았다
그 날도 술을 마셨다

1950년 6월
38선에서 전쟁이 터졌다
학교는 부상병의 병원이 되고
우리는 강변 교실에서 글을 배웠다
하늘에는 밤낮없이 비행기 소리
열차와 트럭은 북으로 북으로

한 집 건너
통곡이 들려왔다
장가든 지 한 달만에 징집된 외아들이 전사했다고
새색시는 어찌할 거냐고

대포소리에 놀란 중부는
고향으로 돌아와 농부가 되었고
뒷산 바위굴에 숨던 삼촌은
붙잡혀 제주도 훈련소로 끌려가
눈물 자국 핀 편지를 보내왔다
그 날도 술을 마셨다
할머니는 울고 있었다

나는 강변에서 물수제비를 뜨고
양지 돌담 밑에서
탄피치기를 했다
철로 위를 걸으며 미군이 버린 껌과
초콜릿을 주워 먹었다
강변과 개울가엔
피난민들이

빨래를 널고
끼니를 때우는 연기를 피웠다

1951년 추석 전날
달이 유난히 밝던 밤
공비共匪들이 내려와
할아버지를 동무라 불렀다

쌀, 보리를 쓸어 담고
산 속으로 사라졌다
일제가 물러가고 산적 떼가 오다니
억장이 무너진 할아버지는
"고연놈들" 중얼대며 재떨이를 두드렸다

며칠 뒤
유천강 다리 위
대나무 장대 끝에 효수梟首된 머리 두 개
화악산華岳山 공비 두목이라 했다
돌멩이를 던지며
야만의 시대를 보냈다

1953년 7월
전쟁이 끝났다
모내기철이 지났지만
비는 오지 않고
저수지 바닥은 갈라졌다
단소 소리는 애가 끊어질 듯
꽹과리 소리는 하늘을 찔렀다
기우제를 지내도
하늘엔 해만 이글거렸다
밭에서 자라는 좁쌀을 구해
고래논에 뿌렸다

걸인들이 마당에 줄을 서고
부황浮黃이 든 걸인은
보리짚 더미에서 주검이 되어
눈을 부릅뜬 채 하늘을 보고 있었다
10여 년 논밭 갈던 소마저
여물을 외면하고 눈을 감았다
삶은 콩 한 줌 없을 가을
사람도 짐승도

모두 체념한 얼굴이었다

할머니는 낙을 잃고
할아버지는 어긋난 세상을 한탄하다
원시의 산골에서 유언도 없이 가셨다
밥과 일만이 전부이던 돌이는
철마산鐵馬山 바위 아래 지게를 벗어놓았다
까치 떼가 그의 마지막을 알렸다

1964년 7월
나는 회색 제대복을 입고
아무도 배웅하지 않는 산동네를 떠났다
불길한 숙명을 끊으려는 듯
돌아보지 않았다

나의 어머니
명절 밥상 위에 수저 한 번 놓지 못한 여인
굴종의 삶을 껴안고
1974년 추석 전날
낯선 서울에서 66년의 삶을 내려놓았다

술이 일상이던 아버지는
모두가 떠난 산동네 당나무 아래에서
경부선 기적소리에
기다리다가 기다리다가
1998년 12월
꽃상여 타고
엄마 곁으로 가시며
전설 같은 비문의 질곡桎梏을 거두셨다

고향 떠난 지 쉰다섯 해
팔순이 된 나는
가을바람이 불면
그 액운厄運의 세월조차 그리워진다

지금 그 마을에는
비문의 내력도 모른 채
관습의 굴레를 쓰고 사는
두 여인이 있다

숙모와 제수

오늘같이 청명한 날에는
마당에 빨간 고추를 널고
깨를 털고 있을 것이다

할아버지

올해 백서른이 되신 할아버지는
지금도 고향 마을 뒷산에서
지키고 계신다

구름 따라 호랑이가 내려오는
가파른 능선길
화악산華岳山 공비가 숨어들던 산 길목에
지키고 계신다

높다란 바위, 그 곳에서
서울로 가는 경부선 철길을 바라보며
갓 쓰고, 장죽 물고
흰 본목本木 두루마기 입고
유천兪川 장날
장국밥에 막걸리 한 사발을
꿈꾸고 계신다

별이 총총한 여름 밤
집 마당 평상 위에 삼베 이불 다독이며
손수 깎은 장대 창 곁에 두고

밤 짐승 지키시던 할아버지

짐승과 비적을 지킬 테니
마음 놓고 살라며
지금도
고향 마을 뒷산에서
지키고 계신다

어긋난 효도

시루떡 좋아하시던
어머니는

날마다 새벽 미명에
길어온 정화수를
뒤란 장독 위에 올리고

천지신명께
자식들이 무탈하도록
빌었다

빵을 즐겨 먹는 나는
일주일에 한 번
예배당에 가서
헌금을 하고
하나님께 기도한다

내 자식들이
무탈하도록

여든이 지난 지금에야
알 것도 같다

오병이어五餠二魚의 떡이
떡이라는 것
지금 내가 부르는
하나님이
그 시절 어머니의
천지신명天地神明임을

받은 사랑은 잊은 지 오래
내리사랑에 눈 먼
어긋난 효도
이를 어쩌랴

추석秋夕 전날

마흔여섯 해 전 오늘
어머니가 떠나신
추석 전날

유진상가 과일가게에
청도 홍시가 빨갛다
어머니 가슴의 한처럼

감농사 한평생
당신 손에 쥐기 전에
판 돈은 다 나가고
비바람 한 번이면
우수수 떨어져
못 팔게 된 홍시

심장에 병이 들어
큰숨 한 번 못 쉬다가
추석 전날 새벽녘
모두 떠난
한적한 서울 병실에서

배웅도 없이
홀로 가신 어머니

아무도 나타나지 않는
배은망덕

험한 세상 살다가
눈물 다 말랐지만

추석 전날이여
이 한을 어쩌랴

그 때
휴대폰이 울린다
딸의 전화다

동영상 속 여인
똑 닮은
엄마의 얼굴로
웃고 있다

누이동생이 간 곳

엄마와 함께
고향 양지바른 언덕에서
쑥을 캐던 누이동생은

삼륜차에
이불 두어 채 싣고
낭군 따라 상경하여
서울살이 십년 했다

사투리 놀림에
말문을 닫고
요변스런 이웃과
정들 수 없자

새장에 갇힌
새가 되었다

요동치 못할 절망 속에
웃다가 울다가

따스한 봄 햇살 퍼지는 날
새장 문을 밀치고

저 아래 길거리 행인들을 향해
실성한 웃음
손 한 번 흔들어 주고

두 날개 활짝 펴고 날아올라
쑥이 한창 돋아날
남녘 고향 땅
엄마를 찾아
날개 치며 떠났다

유업遺業

평생을 선산 아래에서
농사짓던 아버지가
며느리가 만삭이 되자
예고도 없이 상경하셨다
농사를 접고,

출산일이 한 달이나 남았는데
문 밖에 금줄을 걸고
빨간 고추를 달았다

손자를 안아보며
눈에 비치던 눈물
"잘 키워라 잘 키워라"

유산인 논밭도 선산도
못나고 불쌍한 자식이라며
둘째 아들에게 주시고
산비탈 밭 한 뙈기도
남겨주지 않던
그 분의 유업

아들 잘 키워라
잘 키워라
그 말씀뿐이었다

내 나이 여든을 넘기고
이제 그 아버지의 손자가
지명知命의 나이
손자의 아들도
청년이 되었다

"잘 키워라"는 당부도 없이
저렇게 자랐구나
저들에게는
무엇이 유업이 될까

삼대三代의 기도

생애 마지막 한 달을 정해
새벽기도회를 시작할 때

떨어져 사는 열한 살 손자도
「삼대가 축복받는 새벽기도회」에 간단다

조막손으로 단추를 꿰고
오늘같이 진눈깨비 몰아치는 새벽길
지금은 어디쯤일까

눈을 감고 손을 모으니
가슴 속 차오르는 신묘한 울림

아브라함의 기도에
응답하신 주여
저의 손자에게도
응답하소서

손자의 입학식 날

비구름이 땅으로 내려앉은
삼월 둘째 날
일곱 살 손자의 손을 잡고
할아버지 구실하러
입학식에 갔다

황금색 교표 선명한 곤색 교복
연하늘 셔츠에 빨간 넥타이
반짝이는 칠피 운동화
초롱초롱한 눈
다부진 입술
무탈하게 잘도 컸구나

격세 육십삼 년이라니
테두리 큰 갓을 쓰고
흰 두루마기에 장죽長竹을 든
할아버지의 손을 잡고
오리길 되는
학교 입학식 가던 날이
어제 같은데

흙먼지 돌자갈 길을 걸어
노루 울던 산모퉁이 세 개를 돌면
시퍼런 유천강兪川江이 흐르고
그 위엔 철교가 놓여 있었다

두루마기 걷어 올린
할아버지 등에 업혀
철교를 건너던 그 때
서울로 가는 기차가
굉음을 내며 스쳐갔다
홀로 등교할 때면
그 철교가 무서워
울기도 했지

참 좋은 세상 되었구나
열심히 공부해라
마흔 넘은 딸은
딴청을 피우고
손자는 동화처럼 듣고 있다

아버지의 과거가 그저 과거인 딸
할아버지의 유년이
동화로 들리는 손자
이 외면이 한恨의 매듭이구나
이 단절이 변화의 출발이구나

사랑하는 손자야
할아버지의 동화 속에 살지 말거라
오늘같이 단정한 모습으로
이 세상 끝날까지
한이 없는 세상을
살아가거라

자하문 고개 너머 마을

2_부

저문 마음의 방

해로偕老 · 1

마주 앉아
도란도란 이야기하다가도

밤엔
잠 못 들어
뒤척뒤척하기도 한다

돌아누워
말문을 닫고
잠자리를 나누어 자다가도

아침에 눈 뜨면
이 사람이 혹시나 하고
조용히 문 열어
기척을 살핀다

해로偕老 · 2

쌀보리 상반相半 밥에
열무김치, 된장찌개
맛나게 아침 먹고

손잡고 찻길을 건너
버스를 타고
전철을 갈아타며
자식 집에 간다

어릴 적 소풍가듯
들뜬 마음으로 떠났다가

해 저물녘 귀갓길
두 늙은이
말이 없다

산으로 가는 길

아침 햇살을 밟으며
우리는 집을 나선다

말은 줄고
생각이 엇갈린다

그녀는 차도를 건너
양지쪽으로 향한다
미장원 간판이 반짝이고
교회에서 찬송가가 울린다

나는 개울가 좁은 길로 든다
물빛이 흔들리고
절집 담장 너머
늙은 향나무가 바람을 받는다

그녀가 다시
차도를 건너온다

산으로 오르는 외길

저만치 딸네집이 보인다

어차피 우리는 산으로 간다
어제도 오늘도
조금씩
그 길을 익히려

민들레의 꿈

4월
무료하고 포근한 날
아무 소식이 없는 날

흰 머리 나란히
손잡고 온기 나누며
백석동천白石洞天 오르는 길

주춧돌 몇 개 남은
별서別墅 터 마당가에
노랑 민들레 몇 송이

각시 신혼방 얻고
밥상 들고 들어오던 날
노란 유똥저고리 같던 꽃

지루하고 무더운 장마
소식이, 아무 소식도 없는 날

꽃은 떨어지고

잎사귀 두어 장 남아
속절없이
눈서리 찬 날을 기다린다

날아온 갈잎을 덮고
꿈을 꾼다

윤회輪廻를 묵상하는가
하늘길을 구하는가

홀씨 영글어
맑은 날
뒷산 뻐꾹새 울 때
솔솔 바람 타고
남북으로 날아갔다

지금쯤
볕들고 땅 깊은 곳에
가녀린 실뿌리
한두 개 내렸을까

연년세세
단비 내려 촉촉해진 땅 위로
다시 뒷산 뻐꾹새 울면

화사한 봄 햇살 안고
오롯이 꽃망울 내밀어

고운 자태로
맑고 고운 자태로
꽃 피우겠지

여명餘命

하늘 끝 팔 벌려 바람 맞으며
때때로 너울너울 춤도 추더니
멧비둘기 봄이 오는 소식 전할 때
때 지난 폭설에 찍혀 버린 노송老松의 가지
잔가지 몇 개 매달려 떨고 있는
앙상한 고목古木

떨어져 굴러다니는 솔방울은
언제쯤 멈춰 자리잡을까

봄비라도 스며들면 한 모금 마시고
내공으로 다시 서서 기운 차리고
여명餘命을 헤아리며 기도祈禱나 하리라
혹시나 좋은 세상 올지도 몰라

망상妄想

예순 해를 괴롭히는
고질痼疾 통증에 뒤척이다 잠을 깬다

끝내 잠은 오지 않고
온갖 생각으로 어지럽다

집을 나가 사는 손자
글 쓰느라 칩거하는 손녀
추운 날 밤새워 농성하는 군상들
가족 두고 독거하는
키 작은 사람도

입춘이 눈앞인데
약해진 근력으로
이랑이나 만들까
세 끼 밥 기다릴 염치나 있을까

이 망상의 밤은
대체 몇 날일까

노부老父

사업에 지친 아들에게
말없이 건넨 글귀
천붕지함天崩地陷 유유생로猶有生路
푸석한 얼굴로 찾아온 딸에게
천만금불여일신千萬金不如一身

이는 다만 늙은 아비의 넋두리일 뿐
편리와 속도와 소유만이
세상을 굴리는 이 시대
거들 힘도
끼어들 지혜도 없는
한낱 구경꾼으로 살아간다

오면 오는가 보다
가면 가는가 보다
긴 세월이 복이 아님을
돌아앉아 되뇌이는
노부

부질없는 생각

나이를 먹고
부모가 되면
막연한 바람만 커진다

뭘 하고 있나
전화라도 하지
정작 주고받을 사연도 없는데

무료한 시간
허전한 마음
적막이
홀로 남은 마음을 휘돈다

오늘 살기에도
숨 가쁜 자식들
헤아리지 못하는 마음

석가釋迦는 팔십에
"진리에 의지하여 머물라"
유언했다지

속이 허虛한
이 중생은
부질없는 생각에 기대어
머물고 있는가

시류時流와의 불화不和

암 수술을 한 친구와 함께
암 병동에서
아내를 간호하는
또 다른 친구
그를 보려 병원에 갔다가
못 만나 돌아오는
지치고 허망한 밤

고장 난 TV 앞에서
주문한 새 TV 계약을
해지했다며
자랑스레 말하는 아내

자식들은 말한다
세상물정 모르는 늙은이
바가지 썼다고

어지럽다

전시관의 번듯한 정액을 의심하는 자식들

인터넷의 싼 가격을 믿지 못하는 나
새로 사면 평생 함께할지도 모를 TV
싸게 샀다고 호언하며
횡재라도 한 듯 웃는 내 아내
총론도 각론도 제각각인
세태 한가운데서

어지럽다
시류時流와의 불화不和

아—
내 사는 꼴이
우습다

고질痼疾

해마다
한더위 즈음이면
어김없이 찾아오는
몸살

엄마 무릎 베고
자줏빛 지치紫草를
우려내어
입에 넣던 기억

할아버지 등에 업혀
수심가를 들으며
동네 안길을
오가던 기억

방 한 칸 없던
총각 시절
내무반 한 구석
불덩이 같은 몸을 안고
신음했는데

여든을 넘긴 지금
여름이면
다시 씨름을 한다

비문脾門의 짐
내리지 말라는 것일까
근심은 잊어버리라
당부하는 것일까
허둥대지 말고
푹 쉬라는 것일까

칠십 년을 함께한
이 고질
베드로의 가시처럼
평생 품고
살라는 것인가

불청객 不請客

봄날 아지랑이처럼
가문 여름 저녁노을처럼
스무 살 무렵
내 혼 속으로 파고든 불청객

여린 가슴
분별없는 육신을
종으로 부렸지

설렘과 아픔
온갖 꾀임으로
나를 부리고

이제 여기에 왔다니
푸른 결기도 희어버린
내 몸
어찌할 거야

너로 흘린 눈물
너도 나도 다 모아

뭉게구름 되어 피어날까

창수 같은 비 되어
석 달 열흘
뿌려볼까

역마살驛馬煞

뒷산에 봄 햇살 퍼지고
진달래 꽃망울 열릴 때면

텃밭에
들깨 알이 여물어
구수한 향기 번질 때면

불현듯
추억이 피어난다
그 곳에 가고 싶다

앞산 자락
허기진 배 채워주던
진달래 길

할머니 홍시 따주시던 외갓집

친구 어머니
보리밥 쌈 싸주시던
표충사表忠寺 마을

그 곳에
가고 싶다

인생 하직하기 전
그 추억들이
나를 부른다

분별없이
솟아나는 이 설렘

이게
역마살인가

추석 · 1

큰길엔 차소리도 잦아들고
주차장엔 여기 저기 빈자리다

골목길엔 말소리도 끊어졌다
슈퍼 앞 진열된 과일들
사가는 이도 없다

더위는 아직 심술을 부리고
새 한 마리 날지 않는 하늘
쓸쓸한 푸르름으로 펼쳐져 있다

저들 형편대로 사는 자식들
만남의 설렘은 접고
즐거운 상상으로 준비한 음식들
조상들께 죄송하다

늙은이는 서로 말이 없다
한 마디 말이라도 흐느낌이 될 것 같다
세상이 허망하고 쓸쓸하다

훗날 저들이 맞이할 추석엔
웃음꽃이 필까

막걸리라도 한 잔 마셔볼까
쓸쓸했을 그 때
우리 아버지처럼

추석 · 2

귀성歸省길마다 비가 내린다
조상들은 기림을 단념하고
늙은이도 돌봄을 접었는데
저 도로를 메운 차들은
어디로 가는가

오십일 년 전 그날처럼
구성지게 비가 내린다

자식 앞길 막을세라
추석 전날 비를 맞으며
고사리 캐던 산으로 오르시던 어머니

"가을날 비는 처량히 내리고
나의 사랑하는 아들아
너의 소행所行이 내게
얼마나 많은 불면不眠의 밤을 남겼는가

그 많은 죄상罪狀을
기억 속에서 더듬을 길 없다"

안톤 슈낙도
그리 슬퍼했을까

불효의 짐을 진 백발의 아들은
가을비 내리는 창밖을 바라보며
채울 수 없는 고적감孤寂感 속으로 서성인다

뜰 안에는 구절초꽃이 피고
어머니의 사랑
창窓 밖의 외롭고 슬픈 사랑이
창窓 안의 외롭고 슬픈 아들을
비를 맞으며 바라보고 있다

고구마순을 다듬는 여인

처서의 열기
아스팔트가 녹아내리던 오후

가을 상추 모종 몇 포기
사서 돌아오는 길

달궈진 길가에
동그란 애호박 몇 덩이
고구마순 두어 소쿠리 앞에 두고
껍질을 벗기는 여인

지나치려던 나를 불러
그 여인이 말한다
"호박 하나 사주이소"

버스가 들어오는 정류장
발걸음을 재촉하다
문득
뒤돌아본다

대로를 향해 돌아앉아
묵묵히 손을 움직이는
백발의 여인

오십 년 전
아들을 기다리다 떠나신
그 어머니의
겹쳐진 얼굴

발길 돌려 찾아간 그 자리엔
뜨거운 햇빛
한 무더기와
빈자리뿐

백합百合을 심다

7월 중순
섭씨 34도
습도 84%

비가 올 듯
안 올 듯
음습한 날씨가
오늘 일상을 허물고 있다

남은 삼복더위를
어찌 견딜까

작년 이맘때는
텃밭에서 김을 매던 몸
이 육신의 힘겨움을
어이 하나

때 지난
백합 구근을
심었다

종로5가 로터리엔
한창 꽃이 피던데

8월이면
꽃을 보리라 하니
입추立秋를 기다려 보자

총각바람이라도
한 번 불어
마뜩찮은 얼굴의
저 사람도
웃어주겠지

자하문 고개 너머 마을

3^부

사람 사이의 시간

동창회

한 해가 저물어가는 동짓날
해거름, 도시 뒷골목
허물어지지 않고 버티는
간판 없는 밥집

모서리 반질한 댓돌 위
굽 비뚤어진 구두들
세월에 닳은 발들이
하나둘 모여 있다

연기로 그을은 미닫이문을 열면
희끗한 머리
반들하게 벗겨진 정수리들
저마다 사연을 숨기고
의자에 몸을 붙인다

후줄근한 옷
넥타이 매듭에
지워지지 않은 땟자국
정기 잃은 눈 껌뻑이며 나누는 인사

서먹함이 반가움을 앞선다

상에 소주병 놓이고 안주 몇 접시
어라ㅡ
김 군은 술을 끊었고
박 군은 담배를 끊었다고
건네지는 술잔에 손사래 친다

아하ㅡ
남모르는 병 하나씩
가슴에 얹고 사는 나이
애매한 웃음 뒤로
숨겨진 약봉지가
가방 속에 구겨져 있다

정치 이야기로 목청을 높이다가
요즘 젊은이 탓도 하다가
문득
지난주 먼저 떠난 친구 얘기
모두가 잠시 말을 잃는다

정작 이 나이에
풀지 못한 여한과
말 못할 사연들은
술잔으로 삼킨다

앞자리 친구 넋두리
가끔 맞장구치다가
누구 하나 먼저 일어서면
엉거주춤 갈까 말까
따라 일어선다

바람 같은 약속
"다음에 또 보자"
누구의 내일도
장담할 수 없어
목젖이 멘다

힘없는 악수
하나 둘
지하역으로

정류장으로
저마다의 어둠 속으로
조용히 갈라지는 노년

남은 보람도
맞을 소망도
손에 잡히지 않지만

그래도
오늘은
이 자리에
누군가와 같이 있었다

막연히 모였다
막연히 흩어지는
동창회

옛 친구

너,
옛날의 그가 맞느냐
새하얀 와이셔츠
윤나던 구두
보고 싶으면 만나고
찾으면 나타나던
그 때의 너냐

오뚝이라 불리던
강기剛氣 센 사나이
주먹이 앞서던 거리에서
왈패日牌들 틈에서도
제 몫을 곧곧이 지켜낸
그 지모智謀의 눈빛은 어디로 갔나

이제는
가진 것 정리하고
마누라 병수발에
말년이 슬프다나
"당신이 나보다 먼저 가야 한다"

되뇌면서

또 다른 친구
돌쇠라 불리던
의리의 사나이
벗의 일이라면
천리 길도 멀다 않던
그 의기意氣는 어디로 갔나

어깨 축 처진 귀먹은 노인
이제는
오갈 데 없이 집을 지키는
주말부부라나
딸네 살림 도우며
손자 맡아 기르는 마누라
말릴 힘도 없단다

아―
오십 년 세월이
참으로

우리 청춘을 앗아갔구나

돌아오는 길
문득, 뒤돌아
그들을 안고
울고 싶었다

친구가 떠나던 날

무악산毋岳山 양지녘
봄 햇살 자지러지고
진달래 봉오리
자주색 입술 내미는 날

그의 사진 앞에
국화꽃 한 송이
향불 하나 놓고
손 모아 읍揖했다

사느라 고생했다
이제 쉬어라

닫혔던 눈물샘이
스물여섯 해만에 열렸다

요양병원
삼계탕을 나누던 정오
내 그릇에 남은 닭고기
"아까운 것 다 먹어라"

손짓하던 그의 눈빛이
아직 뜨겁다

아끼고 살아온 시간,
그 인생의 끄트머리를
내 눈물로 떠내려 보낸다

그의 아내는
"잘 갔습니다" 하며
웃음과 울음 사이를 오가고
일남사녀의 자식들은 아무 말도 없다
외동 손자도 보이지 않는다
너는 그렇게 살다 이렇게 가는구나

멧비둘기가 운다
봄이 왔단다

창밖
때 아닌 눈에 쓰러진
소나무를 동강 내고

뿌리를 캔 자리에

오늘 나는
연산홍 한 그루를 심으련다
얼마 남지 않은
내 날들을 위하여

비 오는 날의 만남

비가 오는데
친구가 전화를 했다
조용한 데서 점심이나 하잔다

궂은 날씨에
무슨 일일까

한적한 교외
골목길 막다른 식당
늙은이 셋이 앉아
조곤조곤 말을 꺼낸다
조곤조곤 삼키면서

장가 못간
아들 걱정을 하고
떠난 부인
뒷모습을 말하고

나는
젓가락만 만졌다

빗줄기는 더 굵어지고

식당을 나와
우리는 서로 다른 곳을 보며 걸었다

그리고
기약도 없이
서로 갈라섰다

소주燒酒

60대 중반의
단정한 여인
흰 국화꽃 가운데 누워 있다

세상 인연과 작별하는 자리
한평생 견뎌온
질긴 운명과
가늘게 빛나던 보람도
잠간의 기쁨도
다 내려놓고

원초의 땅으로 돌아가기 전
마지막 숨결로
인연의 얼굴을 훑어본다

인고의 한 생
헌신으로 품어온 그들이건만
애통한 울음도 없고
석별의 말도 없다

이 시간이

잔치인가
장례인가

소주
태워서 만든 술

누가 먼저
이 풍진 세상을 잊으려
쓰고 독한 것을 빚었을까
여기 남은 자들
먼저 떠난 이 앞에서
우리 한 생의 괴로움과
눈물과 한숨을
태운 술에 타서
삼킨다

그래도
살아있는 자는
살아야지

"잘 가오
편히 쉬오."

어디로 가나

가을비가 적막을 끌고 와
경복궁역 플랫폼에 선다
비는
돌계단을 타고 내려가
내 마음을 적신다

충무로에서 내릴까
명동 어귀
금은방의 눈부신 진열대를
팔 벌려 안으며
호탕하게 웃던
오지랖 넓은 친구는
어디로 갔는가
그 자리에
길거리 네온만
서늘히 남아 있다

약수터에서 내릴까
하숙집 딸이었다는 그의 아내
"죽지도 않고 큰일이다"

웃던 그 억양이 귓가를 친다
의사는 병자가 되었고
세월은 이름을 지웠다

비는
내 발끝을 따라 흘러가고
전철은 어디를 가는지 묻지 않는다

맞아줄 이 없는 도시
나는
젖은 국수 한 묶음 들고
돌아갈 길을 찾는다

아— 어디로 가나
꿈꾸는 늙은이,
말하지 못한 속마음을 품고
일구월심一久月深 그리워하던
그 따스한 자리로
천천히 돌아가자

고려장高麗葬

사람이 나이 들면
사람의 힘으로
감당치 못할 때가 온다

애타는 마음을
말로 다 전할 수 없고
무거운 육신을
가벼이 할 수도 없고

사람이 어쩔 수 없는 나이
하나님도
도리가 없는 나이

이사 오기 전에
윗집에 혼자 살던 노인
안부를 물으니
아이들이 데려갔다고 했다

잘 자란 네 남매
늘 자랑했는데

자식 집이 아닌
요양원으로 갔다 한다

사람이 감당하지 못하는 나이
하나님도 도리가 없는 나이
정해진 처소는
고려장
그 이름
요양원

혼자 남겨진
긴 복도 끝 방에서

약속, 믿지 마라

약속은
단지 바람뿐이다

그러나 믿지는 마라
약속의 이후를
네가 어찌 알랴

너와 그의
감정, 이성, 의지
네 감정이 어느 순간
이성을 배신할 줄을
육신이 언제
의지를 저버릴 줄을
네 감정이
감정을 배신하기도 하여

내 자신조차
믿을 수 없거늘

너를 향한 그의 약속인들

철석같은 약속이
맹세가 되랴

예수그리스도는
맹세하지 말라 하셨다

땅으로도
하늘로도 하지 말라
연약한 인간이여

신조차
너에게 내일을
약속하지 않았거늘

그 약속, 믿지 마라
장차의 일을
믿지 마라

잊어버리자

잊어버리자
다 잊어버리자

어제의 일도
그 옛날의 상처도

배은자背恩者도
비겁자도
다 잊어버리자

숨 막히던 삼복의 세종로
깃발 흔들던 무리도
헐렁한 바지의 위정자도
잊어버리자

까마귀처럼 줄선 유권자有權者도
잊어버리자

세상호사 구하는 아멘도 목탁소리도
잊고 살자

한때 호기롭던 벗들의
의리도 약속도
잊어버리자

노란 은행잎이 제자리에 앉아
바람의 이름을 잊는다

딱새 두 마리
소나무 가지를 오르내리며
무심히 오후를 지운다

침묵 속에서
시속 천삼백삼십 킬로미터로
쉬지 않고 도는 이 땅의 신비를
묵상해 볼지어다

이 오척단구의 육신이
오감으로 살아 있음을
또한

기대 期待

내일은 날씨가 풀리겠지
떠돌던 몸도 돌아오겠지

양지바른 길가엔
제비꽃이 피어나고

세상은 한결 평온해지겠지
내 아이들은 좋은 소식 들려주겠지

나는 기력氣力을 찾아
쑥갓과 상추씨를 뿌리고
감나무 사과나무에 거름을 주며
예쁘게 가지치기도 해야지

소식 끊긴 혈육血肉들도
그리움에 연락해 오겠지
올 한해 다 저물기 전에
도리道理에 어긋난 지난 일
간절히 깊이 묻고 살아야지

기대期待하는 믿음이다

바라보기

보채는 녀석
훗날을 기대 말라
허물 자인지 세울 자인지

소근대는 말에
귀대지 말라
해코지할지 허기 채워 줄지

주먹 쥐고 소리치는
공약 믿지 말라
망하게 할지 흥하게 할지

뒤섞인 세태
다 이기利己의 몸짓이니
조금 떨어져
바라보기

자하문 고개 너머 마을

4부

남은 날의 온기

소복小福

세상이 왜 이러냐
하늘이 어찌 이다지도 무심하냐
몹쓸 자는 형통하고
선한 이는 왜 불우한가

그 까닭을
아는 이 없다

그러니 한 번
곰곰이 생각해 볼 일

형통한 자의 마음엔
즐거움만 있을까
그만한 그림자도 함께 있으리라

단잠
따뜻한 한 끼
상쾌한 아침바람

그저 산책을 나서는

가벼운 발걸음 하나가

지나고 보니
복이었다

살아서 누리는 복福

눈 뜨고 보기가 민망하니
얼굴을 돌린다
저 같잖은 소리를
굳이 듣고 있어야 하나

옆집 아낙네와
등굣길 아이의 말소리
개울가 공사장의 소음
간밤 비로 불어난
개울물 소리까지

이 모두가
살아있음의 대가요
함께 주어진 선물인데

굳이 살피려 들지 말고
굳이 가르치려 들지 말고
이 말
저 말
가려 듣고

그래도 이 나이에
살아서 누리는 복이 있다

먹고
보고
듣는 것

오늘도 들린다
살아있다는
증거를

한량일기 閑良日記

5월 19일 아침 여덟 시
피부를 스쳐 지나는
18°의 선선한 바람

해 오르기 전 서향집 마당
의자를 놓는다

내 나이쯤 되는 노송老松 사이로
파아란 하늘이 걸려 있고
맞은편 신혼 아파트
연미색 벽이 햇살에 정겹다

십자가十字架도 연등燃燈도 가려진
북악산 뒤편 사이원四而園 골
한량閑良의 아침은 평화롭다

오늘은―
동네 벗들
새 맛집 가자고 연락이 올까

남산 아래 번듯한 집 두고
아파트 전세살이 간다던
그 친구 불러내
사연이나 들어볼까

얼마 전 음지에 심어둔 수국백당을
해 드는 개울가로 옮겨 볼까

한가한 공상
아— 이 평온감
탁자 위 커피 향
그 옛날 고향집
엄마의 가마솥 숭늉
구수한 내음이여

용문사龍門寺 은행나무

가지, 너무 거느리지 마라
열매도 조금만 매달아라
그러다 꺾일라
쓰러질지도 모르니

천 년 하고도 백 년을 더 살아
줄기 정정한 나도
꺾일 듯
쓰러질 듯
용케 살아왔다

비바람도, 맑은 날도
눈바람도, 밝은 별도
여미고 다독이며
이만큼 살아왔지

살다 보면
꽃도 피고
달도 뜨는 세월
찾아오더라

때때로 몰려와서
올려다보며
내게 무슨 영험 있다며
손 모아
빌기도 하더라

만월滿月에는 용문산에 가보자

10월 10일 만월에는
용문산에 가보자

용문산 마당가
바윗돌 위에 앉으면
달빛과 별빛이
법당 앞마당에 소근대고

지난여름 억수 같은 비
품고 앉은
가섭봉迦葉峯 정수리와
산자락에 비치는
달과 별의 정령精靈들을 보자

법당에 갇힌 부처는
천년이 지나도 말이 없다

목탁이 깨어진들
독경이 울음이 된 들
그는 마당만 본다

10월 10일 만월에는
용문산에 가보자

어스름 빛 안고 춤추는 낙엽들
졸졸 출출 개울물 독경
속세의 기도는
천년 내공이 영험으로 서 있는
은행나무에 맡기고

달빛과 별빛 아래
이따금 스치는 바람 소리
산새의 울음

10월 10일 만월에는
용문산에 가보자

여명餘命

하늘 끝 팔 벌려 바람 맞으며
때때로 너울너울 춤도 추더니
멧비둘기 봄이 오는 소식 전할 때
때 지난 폭설에 찍혀 버린 노송老松의 가지
잔가지 몇 개 매달려 떨고 있는
앙상한 고목古木

떨어져 굴러다니는 솔방울은
언제쯤 멈춰 자리잡을까

봄비라도 스며들면 한 모금 마시고
내공으로 다시 서서 기운 차리고
여명餘命을 헤아리며 기도祈禱나 하리라
혹시나 좋은 세상 올지도 몰라

5부

마을의 사람들, 거리의 얼굴들

동네 벗들

손아래 동네 벗을 만나면
가슴이 저린다

세월 한 줌
명리를 좇아 흩어졌던 날들
돌아와 보니
또래들은 흙으로 돌아가고
젊은 벗들이 내 이름을 부른다

골목마다
잊힌 웃음의 그림자
장독대 너머로
어린 시절의 목소리가 스민다

우국憂國에 들떠
깃발을 들던 그해 봄
누가 먼저 떠났는지
이제 헤아릴 수 없다

이웃 되어 남은 벗들

어깨를 내어준다
낡은 세월을 덮듯
우리는 조용히 마음을 푼다

귀 열고 가슴 열고
정답게 나눠야지

세월이 씌운 이름

감투를 벗자
세월이 나를 불러
이름 하나씩 씌워 주었다

자아와 허세가 깃든
그 감투를 벗을 땐
허전하고 좀 서늘했지만

시간이 지나고 보니
세월의 손길로 다듬어진
새 이름이
더 포근하고 따뜻하다

형님, 아저씨
가끔은 선생님
"차 한잔 하시지요."
"점심이나 같이 할까요."

부드럽고 꾸밈없는
이 몇 마디가

마음 위에 가만히 내려앉는다

세상 떠나는 날에도
"형님, 잘 가오…
조금만 기다리오
곧 따라가리다."

검은 얼굴 사내

우람한 체구에
유달리 검은 얼굴

걸걸한 목소리
정감 없는 말투

함께 어울리는 사람도 없고
무슨 일을 하는지도 모르는 사내

짙은 색 선글라스를 끼고
굉음을 울리며
오토바이를 몰 때면
멀리해야 할 인상

그러던 어느 날

비 온 뒤
개울가에 쌓인 쓰레기를
어둑한 시간,
온몸이 땀에 젖은 채
혼자,
삽으로 치우고 있었다

비구니 比丘尼

홍제천 상류 개울가
스무 평 남짓 절집엔
열흘 뒤 사월초파일
연등 몇 개 걸어두었다

늙은 비구니는
개울가에 앉아
잿빛 가사에 얼굴을 묻고
졸고 있었다

짝 없는 암컷 청둥오리도
날개깃에 머리를 묻고
마주하며 졸고

왜가리는
얕은 물에 발을 담근 채
머리를 갸웃거린다

물길 끊긴 웅덩이엔
버들치 새끼

몇 마리가 놀고 있다

건너편 텃밭엔
천도복숭아꽃
기력 다한 주인이
돌보지 않아도
붉게 피었다

고찰문을 지키는
사천왕의 부릅뜬 눈을
떠올리는가

그믐날 산사를 울리던
풍경소리를 듣고 있는가

어쩌면
출가 전 가슴 설레던
그 남아를 기억하는가

절집엔 문이라도 열어두었는지

해가 중천인데
비구니는 미동도 없다

무지역무득無智亦無得

천둥이라도 치고
장대비라도 내렸으면

봉예 할머니

북악산 뒤
백사실 약수터 오르는 길 삼거리
그 곳에
봉예 할머니가 앉아 있다

오가는 젊은이, 늙은이에게
빠짐없이 인사한다

일어서서 다정한 미소를 지으며
"복 많이 받으시우."

욕심 많은 땅 부자가 버려둔 땅에
호미로 밭을 일구어
푸성귀를 심는다

만나는 이 가리지 않고
"나눠먹자" 건네는 할머니

건성 인사, 무심한 응답에도
한결같이 그 자리를 지키며

축복 인사하는 봉예 할머니

한때는 빌딩을 세우고 사업을 하던
호기롭던 여장부였단다

축복인사 흘려 들은
그 복
돌려받아
일흔 살 아들
쉰 살 손자 두고
아흔 중반 노년에도
복스런 하얀 이를 드러내며

오늘도
약수터 길 삼거리에 앉았다가
일어서서 인사한다

봉예 할머니

연변延邊 아줌마

12월 중순
산동네 골목엔
바람이 차다

서른여덟 살 연변 아줌마
늙으신 어머니와
소학생 남매를 두고
족보도 없는
이 할아버지의 땅으로
목숨 걸고 왔다

낯선 동네
언젠가 꿈에서 보았던 듯한
어둑한 골목길
지친 가로등 아래
산바람이 울고 다닌다

심양역瀋陽驛에서 쫓기다
갈라선 낭군
한아름 껴안고 온

이 신문에도
소식은 없다
일만사천 불
풍요의 땅
높은 축대 아래
미명에 허둥거리는
그는
조선족 신문 배달부
두만강 건너
연변에 두고 온
소학생 남매는
목도리라도 두르고 갔을까

손 한 번
다정히 잡아줄 이 없는
이 자본의 나라

24도 난방에
한껏 자고 난 뒤
현관문을 열자

신문 1면 위에
선혈 한 방울
떨어져 있었다

박씨 영감 상경기

서울 간 자식
제비 같은 서울각시 얻어
부모 앞 내왕이 끊기고

가을걷이 끝나자
박씨 영감
단단히 마음먹고
상경길에 오른다

비호같은 열차
어느덧 서울역

젊은 것들에 떠밀려
역 밖으로 나오자
봉두난발蓬頭亂髮 숯검댕이 몰골
낮술 걸친 것들
몰려든다

사지 멀쩡한 것들이
늙은이한테 동냥이라니

"세상 할 일 참 태산인데…."
어지러운 야경
이게 별천지냐

버스정류소 가로등 아래
빨간 머리 머스매
파란 머리 가시내
붙어서서 웃는다
말세다 말세

요동치는 버스
만원인데
노랑 등받이는
분명 늙은이 자리인데
새파란 것들이
앉아
창밖만 본다
"학교에서는
무얼 가르치냐."

아들 집 골목
별안간 간판 번쩍이고
분간 못할 음식 냄새
진동한다

희멀건 놈 하나
벌거숭이 사진 들이밀며
"할아버지. 놀다 가세요
천국입니다."
"너나 가거라. 이놈아
이 동네는 순경도 없느냐."

아들 집 문 열어 들어가니
며느리 차림도 가관이다
다 드러난 옷차림
시집 올 때 그 앙큼은
어디로 갔나

손자 녀석
고개 까딱하더니

제 방 문 잠그고
놀이에 빠진다

자정 넘어 귀가한 아들놈
언제 나갔는지
얼굴도 보기 어렵다

답답한 가슴 안고
밖으로 나오니
바퀴 달린 신발 신은 놈
씽씽 달리고
자동차도
씽씽 달려간다

'내가 왜 왔던고
몹쓸 세상 만들어 놓고
아— 망했다
고치기는 무얼 고쳐.'

"나 간다

애들 건사 잘해라
같이 미치지 말고…."

뒤도 돌아보지 않고
아들 집을 나와서
기차에 오르니

이게 꿈인가, 생시인가
갑자기
참깨 봉지 챙겨주던
늙은 마누라 생각에
눈물이 핑 돈다

'자네나 나나
다 헛살았지….'

차창 밖
뿌연 도시가
아들과 며느리와
손자를 싣고
멀리, 멀리 달아난다

철부지

10월 초
햇살 퍼질 시간
푸른 신호등이 켜지자
사람들이 길을 건넌다

중년의 남자 하나
노파의 팔을 끼고
동네 경로당 앞에 이른다

노파는 버티다
주저앉는다
무어라 소리 지르다
기어이 끌려 들어간다

다시
버스 간이정류장

유아원 승합차 문이 열리자
엄마 품에 매달려
떼쓰던 아이 하나

버티다 주저앉는다

달래고 어르는 엄마
순간, 아이는 일어나
배꼽인사

철부지
잊어가는 철부지
알아가는 철부지

고속 열차를 타고

70 중반 또래 셋과
여행을 간다

한강을 건너며
서울이 멀어진다

폭염 물러간 하늘
햇빛이 눅어들고
들녘엔 가을빛이 번진다

조는 사람
소근대는 사람
두고 온 사람에게
끝내 못 전한 말을
속삭이는 사람

삶은 언제나
달려가는 쪽에 있고
우리는 그 뒤를 좇는다

창밖은 흐르고
우리도 흐른다
종착역까지 두 시간
함께 늙어가는 또래들은
저마다 두고 온 미련에
잠겨 있다

이 열차가
언제 멈출지 모른다

이 생이
어느 순간 닿을지 모른다

기다림 없는 곳을 향해
막연한 설렘으로
우리는
고속 열차에 몸을 싣고 있다

할매순대국

재래시장 가판대
포장도 벗기지 않은
적막한 새벽

시장통 한구석
한기寒氣를 쫓는
할매순대국

어젯밤 설친 잠도
인간사 불여의不如意도
미련한 놈 제물삼아
가마솥에 넣고
팔십 년 간난艱難의 세월까지
함께 넣어 팍팍 고운다

한숨은 멀리 멀리
김처럼 풀풀 날려 보내고

밤샌 인생, 새벽 인생
하나둘 모여들면

네 시련, 내 아픔
뚝배기에 모두 담아
훌훌 마신다

뜨끈하고 구수한 인생
다시 살아보자고

경동시장 京東市場

고향 오일장이 그리우면
도심 거리가 시위꾼들로 막히고
백화점과 마트가 버거우면
1호선 전철 타고
청량리행 버스 타고
경동시장에 가보세

골목 지나면 청과시장
길 건너 약령시장, 수산시장
팔도 채소와 과일
산나물, 들나물
날것, 말린 것
바닷고기, 민물고기
없는 게 없는 만물시장
쇼윈도의 불꽃도 없고
번드르한 포장도 없네
검은 비닐봉지에 담아
값만큼만 받는 정겨움

위장과 위선이 넘치는 세상

적게 남겨 단골 잡는
그 알뜰한 인심

순대국, 냉면, 파전, 빈대떡
빌딩 속 비싼 요리보다
시장 한 켠 온기 담긴 실속이 있지

평일도 휴일도 없이
경상, 전라, 충청, 강원
다 모여드는 사람들
언제나 만원인
경동시장

길 막고 떠드는 시위꾼들
포장으로 값 올리는 야박한 인심
그 허위가 싫거든

그리고
옛날 고향 오일장이 보고 싶거든
경동시장에 가보세

고향말 쓰는 사람들
사람답게 사는
이치가 있다네

춘래불사춘 春來不似春

엄동에
강은 얼지 않고
때 아닌 꽃 핀 소식이 들리더니

황사로 도시가 뒤덮인 날
윤기 잃은 해
희부연 하늘 아래

외세의 바벨탑
무너진 자리에
왕조의 단청이 새롭다

난세의 위인을
우러르는 눈길은 없고
차를 기다리는 군상들

짓눌린 울화마다
묵혀 두고
질근대던 꽁초를 내뱉는다

솜털 보송한

여자아이, 남자아이
마주서서
깔깔댄다

무시로
끼리끼리 모여
높다란 청사를 향해

우방의 대사관을 향해
절규하건만

마주 선 빌딩들은
약속이나 한 듯
서둘러 불을 끄고
광화문마저 닫힌다

그 언제였던가
아~ 대한민국
필승 코리아

그 함성 가득하던

이 광장, 저 거리

이제는 규탄의 소음 가득하고
우리 모두는
서로의 적이 되었다
나는 너에게
너는 나에게
이 봄은
봄같지 않은 봄이다

온갖 잡동사니로
질퍽해진
나라 한가운데

칼 찬 장군도
좌정한 대왕도
날 저무는 저 광장을
처연히 보고만 있다

그리고
말이 없다

불황不況

주차장에
옆집 차가 서 있은 지
두어 달

피자가게 앞
덮개 씌운 배달오토바이는
먼지를 쓴 채 서 있고

신축 상가 유리문에는
「파격세일」 광고문이
바람에 찢겨 흔들린다

주일 예배당엔
십일조 설교가
유난스레 들리고

카페 창가에
한 끼 밥보다 비싼
커피를 홀짝이는
저 아이는

무얼 하는 청춘일까

넓어지고 길어지는 바지는
불길함을 더하는데

없는 사람
언제쯤
기 펴고 살려나

황톳길

안산鞍山 자락엔 황톳길이 있다
사십여 년 넘게 가꿔진 메타세쿼이아 숲속으로
데크(Deck) 길도 나 있다
날마다 그 길엔 온갖 군상群像이 걷는다
배가 나온 사람
뼈 마른 사람
허리가 굽은 노파
뒤뚱거리는 노인도 있다

과잉過剩과 편리便利에 퇴화退化된 육신을 이끌고
묵묵히, 혹은 헐떡이며 그 길을 걷는다
언제부턴가 나도 걷는다
황갈빛 흙길
질척한 구간도 있고
말랑한 구간도 있다
고향집 논두렁
함지박에 새참이고 질퍽한 뻘 논길 걸어오던
어머니가 떠오른다

서른아홉 전봉준全琫準은 관군을 이기려

황토현黃土峴에서 죽창을 들다
참형을 당했고

서른의 한하운韓何雲은
천형天刑을 이기려
소록도 가는
황톳길에서 발가락을 잃었다
여든이 넘은 나는
세월을 이기려고 황톳길을 걷는다

풍요에 마비된 허약한 세대여
향수도, 주림도, 의분義憤도 잊은
나와 저 군상들이여

아니다
남은 길 바로 걷자
흉한 꼴로
넘어지지는 말자

양극兩極

누구는 해와 별이 돈다 하고
누구는 땅이 돈다고 했었지

누구는 다음 생을 믿고
누구는 이생此生 밖에 없다 한다

누구는 옛것을 지켜야 한다며 돌담을 쌓고
누구는 허물어야 한다며 굴착기를 몬다

누구는 자유를 외치고
누구는 평등을 부른다

동쪽 사람은 서쪽을 믿지 못하고
서쪽은 동쪽을 모른다

늙은이는 젊은이에 혀를 차고
젊은이는 늙은이를 외면한다

명절날 한 자리에 앉아
늙은이는 막걸리 잔을 들고

청년은 와인 컵을 든다
뿔난 자식은 광장에 서 있고
잘난 자식은 딴 나라 하늘 아래 사진을 찍는다

광화문 光化門

높다란 건물들이
줄지어 비켜선
넓은 거리 위로
해가 뜬다

대왕도
그 자리에서
밤을 새웠다

어설픈 광대들이
의식을 치르고

오늘도 붉은 띠 두른 패거리들
목청을 돋우며
"산자여 따르라" 한다

행인들은
귀를 막고
눈을 돌린다

세월호의 한은
세월 따라 가지 않는다

문 열리는 대궐마당엔
각양의 사람들
뭐라 떠들어 대고
흉내만 낸 한복의 옷깃
육조거리 바람에
나풀댄다

실권자失權者를 따르는 무리들은
"풀어달라"
아우성치고

청사廳舍 관리들은
말을 잊고
때 맞춰 들어갔다
때 맞춰 나온다

뿔난 송아지들은

원군援軍을 "나가라" 하고
수괴首魁를 "오라" 한다

우방友邦의 대사관은
일찍 불이 꺼진다
조공과 굴종으로 버티던 나라
질병과 무지로 견디던 민생들
고개를 돌릴 뿐

이 소란과 방종의 거리
확 트인 대로 위에
고요는 언제 오는가
대적對敵의 아우성은
언제 멈출까
오가는 이 길 비켜서며
눈웃음 주고받을 때는 언제일까

대로大路 한가운데
좌정한 대왕大王은
손을 들어

“고만들 하라” 하고

사거리에 선 장군은
칼을 쥐고
입술이 떤다
“아— 이 놈들아.”

아~ 있으랴 어찌 우리 이날을

- 6.25. 74 주년 날에

1950년 6월 25일
고요한 강토의 아침이
유린된 날을 기억하는가
다스리는 자는 본령을 농단하고
대변자는 민심을 거슬렀다

제복의 장군은 조롱거리가 되고
구국의 총을 든 자도
민주의 횃불을 든 자도
다 변절자變節者가 된 나라

수난의 세대는 체념하고
풍요의 세대는 부정한다

74년의 세월 위에
광화문 거리엔 태극기조차 나부끼지 않는다
피난살이의 기억
대구의 실내체육관에서
기념식이 열린다
진격進擊과 수복收復의 기개氣槪는 떠나고

야전연병장野戰練兵場엔
적개심敵愾心을 잃은 필부匹夫의 자식들이
병정놀이를 한다

그날의 침략자는 포학暴虐을 대물림하고
합세合勢한 무리들은 다가오는데
함께 피 흘린 우방은 잊혀져 간다

오늘 안락에 취한 세대는
굴욕屈辱을 베고 잠들었다

1,129일 전쟁, 그 때
그 피 흘린 자들은 누구인가

건망증健忘症에 혼이 나간 세대여
끊어진 한강다리
남부여대男負女戴의 피난 행렬
부산의 판잣집과 국제시장 장사꾼들
1950년 8월 다부동多富洞의 결사항전
그해 10월 26일

압록강 물 수통水桶에 담던
초산전격부대楚山進擊部隊의 병사들을 잊자는 것인가

1951년 1.4 후퇴
얼어붙은 한강을 건너던 삼백만 피난민
그날의 이산가족을 지금도 기다리지 않는가

내년 이 날에는
비겁과 위선의 가면을 벗고
건망증에 찬물을 끼얹자
세종대왕과 이순신장군이
눈비 맞으며 지키는 광화문으로 가자
날이 선 의분義憤을 품고
함께 모여
태극기와 우방국기를 높이 들자

그리고 부르자
6.25의 노래
아— 잊으랴 어찌 우리 이날을
싸우고 또 싸워

다시는 이런 날 오지 않게 하리
하늘과 땅이 울리도록
합창을 하자

굴窟

약한 생명으로
배를 채우고
바위틈 어둑한 굴로
숨어드는 뱀이여
두렵더냐

하늘이 녹아내리던
칠월 하순

남쪽 바닷가
조선소의 하청노동자가
스스로 용접한 철장鐵障 안에서
"같이 살자" 목이 멎어가던 그 시간

해도 지기 전에
불콰한 얼굴로
높은 돌담 저택의 차고 문을
슬그머니 여는 자여
오늘 또
무슨 일을 했느냐

저택 앞 느티나무가
가지를 흔든다
“두렵더냐” 묻는다

너는 어쩌다
저곳이 은신처가 되었느냐
삭풍 불고
눈비 내리고
해가 이글거려도
나는 사철
이 자리를 지키며

굴에 사는 너의 마지막을
지켜볼 것이다

자하문 고개 너머 마을

6부

시작과 마침표

자유공원 自由公園

바다를 내려다보는 언덕에
맥아더 동상이 서 있다
쌍안경을 들고
먼 수평선을 응시하며

공산의 그늘이 물러가고
자유가
처음 숨을 고른 자리
이 항구는
사람들의 삶을 다시
불러냈다

그 언덕 아래
아름드리 나무에 가려진
고색창연한 학교

아내는
까만 교복에
눈부신 흰 카라를 달고
소녀의 꿈이 자라던 때였다

나는
국가라는 이름이
아직 몸에 헐겁던 나이
이 도시의 한 켠에서
공직을 시작했다

벚꽃이 흐드러지던 봄날
차이나타운 골목을 지나
아내의 손을 잡고
가파른 계단을 오르며
마음을 고쳐 쥐었다

먹고 사는 일,
흔들리지 않는 하루
서로의 얼굴을
잃지 않는 삶

쌍안경을 든 장군은
우리 쪽을 바라보며
한편이 되겠다고

말하는 듯했다

박재홍의 '이별의 인천항구'가
월미도를 도는
뱃고동 소리와 화음이 되어
봄날의 아지랑이를
흔들었다

우리는
가볍게 걸었고
가슴은 조금 들떠 있었다
극장을 나설 때
'바람과 함께 사라지다'
포스터 한 장이
발치에 떨어졌다

계단 위에서 웃던
그때의
순전純全한 얼굴

세월은
뱃고동과 함께
사람들의 얼굴을 바꾸고
정든 이들을
떠나보냈다

부르면 들릴 듯한
저 아래 청사에서
밤새 불을 밝히며
나는
서른여섯 해 공직에
마침표를 찍었다

천직天職의 시작과 끝,
첫사랑의 처음과
지킴이가 된 자리

떠나가는 뱃고동 소리가
남은 자들을
더 사랑하라고

말한다

해마다
더 우람해진 벚꽃나무 아래
우리는
때를 맞춰 돌아와

서로를
안고
떠나간 것들과
남은 것들의 이름을
가만히
부른다

큐티Quiet Time를 하는 아내

새벽 기도회에서 돌아와
늘 그 자리
작은 화장대 앞에 앉아
큐티를 하며
마음을 화장하는 아내여

우수雨水가 지난 창밖엔
부슬비가 잔설殘雪을 녹이고
뒷산 초록 물감 머금은 나뭇가지 위
봄을 부르는 산비둘기 울음이 번진다

한 해가 가고
또 계절이 바뀌어도
한결같은 그대의 자리

예순다섯 해
날로 새로워지는
그대 노년老年의 속사람이여
다가올 봄처럼
참 곱고 아름답구나

그녀는 쌤이다

입춘이 나흘 지났다
연이틀 눈이 내린다
영하 12도의 혹한
녹지 않은 눈 위에
다시 눈이 쌓인다
눈에 덮인 집들은
창에 불을 끄고
웅크리고 있다
소동騷動하던 군상群像들도
일장춘몽一場春夢의 꿈자리에서
잠꼬대한다

새벽 다섯 시
그녀는
교회당 앞자리
성령聖靈이 데워논 자리에 앉아
늘 같은 자세로 기도한다

약하디 약한 내 자식 도와주소서
딱한 이웃은 어찌하리요

이 시끄러운 세상, 주여 보고만 계시렵니까
천년을 하루같이
침묵으로 역사役事하시는
하나님을 믿고
그녀는 기도한다

그녀는 두만강 너머 만주 연길에서
난 지 여섯 달
1945년 7월의 끝 무렵
어둠이 내릴 때
엄마의 등에 업혀
옥수수밭 사이길을 따라
피난길에 올랐다

팔로군八路軍을 피해
하루 반을 걸어
백리 넘는 도문圖們까지

하현下弦달이 비추던
두만강을 건너

북한의 남양南陽으로
멀지 않은 아버지 고향
경원군慶源郡 노서면盧西面 서포항리西浦項里
두만강 하류 흰서리 내린 갈대밭
청둥오리알 주워 담던
그 곳은
아~ 갈 수가 없구나

남으로 향한 발걸음
걷고 또 걸어
열차와 화물트럭 구석에 숨어 타며
청천강, 대동강, 임진강을 건넜다
국토종단 1700리

기진氣盡하여 멈춰선
파주 교하交河마을
정붙이고 산 지 다섯 해
1950년 6월 25일
포성이 하늘을 찢고
적군이 몰려왔다

그해 9월
면사무소에 태극기 다시 걸릴 때까지
가슴 떨며 숨죽였다

양지바른 흙길
아장아장 걷던 어느 날
1951년 1월 3일
하늘이 개고
초가지붕에 하얀 서리가
햇살에 반짝이던 그 아침
다시 피난 소식이 들렸다

난 지 여섯 달 된 남동생은
엄마 등에 업히고
아버지 자전거에 가재도구 싣고
그녀는 새끼줄을 잡았다
귀를 찢는 포성 속에
남으로, 남으로
산을 넘고 들판을 지나 피난길에 올랐다

충청도 홍성洪城
어느 마을 문간방에
겨우 몸을 눕혔다

수복收復 후 정착한 인천
용동, 신흥동, 그리고 도화동
피난 온 할아버지와 할머니도
만수동에서 다시 만나
중학생이 된 눈 맑은 소녀는
동네할머니, 걸식乞食 소년들의
ㄱ·ㄴ 스승 노릇을 했다

아~
꿈같은 세월이었구나!
이 천리를 헤매던 유년의 피난길
그 생명이 살아낸 팔십 년의 풍상
이 불가해不可解한 역정歷程이
사람의 힘이었을까

이제 그녀는

쌤으로 불린다
시류時流에 편들지 않고
겉치레에 마음 쓰지 않으며
험담險談에도 함께 앉지 않는다

누리던 것은 추억일 뿐
늙음과 외로움이 짐이 된 이웃들의
넋두리에 귀를 열고
부축하며 운동하고
마주보고 기도하고
도란도란 말동무가 된다

그녀는
쌤이다

팔십 년 전
엄마 등에 업혀
두만강을 건너
남으로 내려온
그녀는 봄처럼 다시 돌아온
쌤이다

아내의 생일

음력 정월 스무 아흐렛날
한재 햇미나리가 왔다
이맘때면 찾는
아내의 더할 수 없는 봄 맛

오늘 따라 뻐꾸기가
정원 소나무 위에서 운다
미세먼지 하늘에
바람 없고 포근한 날씨
"생일 축하해요" 인사에도 덤덤히
"아이들 얼굴이나 보고 오지요"
짧게 답하는 아내

큰 딸네 집에 먼저 온 아이들
음식 준비에 분주하고
어미 찾아 울어대고

아내는 혼자서
이곳 저곳을 서성인다

뒤늦게 나타난 자식 내외는
말이 없다

집으로 돌아오는 길
"잘 먹었어요?"
"먹는 게 문제요."
"미나리로 비빔밥이나 해 먹을걸."
"내년엔 여행이나 갑시다."
심술궂은 뻐꾸기가
전나무 꼭대기에서
뻐꾹― 뻐꾹
울어댄다

교회당에 가는 이유

아내는 고운 정장을 입고
나는 청바지를 입는다

아내는 예쁜 빽에 성경책을 넣고
나는 주머니에 스마트폰을 넣는다

주일이면 우리는 교회당에 간다
아내는 정성으로 예배드리고
나는 묵상한다
아내가 아멘 할 때
나도 따라 한다

아내는 믿으면 믿음대로 된다 하고
나는 믿음도 알고 믿어야 된다고 한다

사람의 일이
믿음대로 다 될 일도 아닌데
알려 한들 어찌 다 알겠는가

예배가 끝나면

아내는 목사, 권사들과 정담을 나누고
나는 또래 영감과
낼모레 점심 약속을 한다

태초太初에 하나님이 창조한 천지와
우연한 폭발로 생겨난 코스모스(Cosmos)
사이에서
예수는 말씀하셨다
"이 세대가 가기 전에
구름을 타고
불심판으로 오리라."

학자學者들은 말한다
구골년이 되면
Googol, 10^{100}년
우주도 제 생을 털어내고
무無의 품으로 되돌아간다고
이 신묘막측神妙莫測함을
어찌 가늠하랴

오늘도 우리는
교회당으로 향한다
아내는 말씀을 듣고
기도의 숨을 이어가고
나는
세상일도 내 앞길도
가늠할 수 없어
그 분의 집 문턱에
다시 발을 디딘다

순리順理

64년의 인생을
땅에 내려놓은 한 사람

한창 더 살 나이에
좋은 세상 두고 가니
하늘이 어찌 이리 무심하냐고
형제자매와 아들이 통곡한다

무덤과 작별을 고하고
돌아서는데
갓 돌 지난 손자가
작은 손을 흔든다

한 생명이 가면
또 한 생명이 온다
바람이 잎을 데려가듯
꽃잎이 다시 피듯
하늘의 순리가
고요히 이어지고 있다

기구_{崎嶇} 일생

그는 엉석받이 막내로 태어났다
순진하게 자라 고등학교 선생이 되었다

어둔 밤 귀갓길
불한당의 오토바이에 치어 한쪽 다리를 다쳤다

그러다 한 여인을 만났다
궁합이 맞지 않았던 걸까
빚의 굴레를 남기고
그녀는 떠났다

다른 여인이 찾아와
동기간의 우애를 갈라놓고
그 또한 제 길로 갔다

또다시 만난 여인
기구한 삶을 위로하며
정이 들었다

그러나

회복할 수 없는 병마가 찾아오고
예순 즈음
심신의 고통 속에 절규하다
눈을 감았다

"마음이 편하다"는
시 한편 남기고
'솔'이라 이름 지은
딸 하나 두고 갔다
'솔' 처럼 푸르게
정정히 살아가길 빌며

늦게 정든 여인
그의 목을 안고 우는
애곡의 소리로
고별사를 읊는다

유품으로 남긴
생계급여 자루 두 포대
남은 이들에게 마음을 전한다

저 같은 인생들에게
전해달라고

절편과 가래떡을 빚어
뜻을 담아 고루 나눠주며
5월의 햇살 속으로
그는 떠났다

신神에 대한 회의懷疑

믿음대로 되리라고 믿은
그들의 기이한 행적을 본다

모세가 계시啓示를 받았다는
시내산의 1월
그곳에는 나무도, 풀도 없고
살아 움직이는 생명도 없다

시간까지 동작을 멈춘
태초의 침묵만이 흐른다

보랏빛 산들과 허허로운 광야
그저 무수한 별들뿐이었다

오래 전 이 산자락에 살다간 은수자隱修者들
그들은 과연 야훼를 만났을까

메테오라(Meteora) 바위산 수도사들
그곳에 천국이 임했을까

카타콤베(Catacombe)의 어둠 속에 숨은 자들
그들은 바라는 세상을 보았을까

오랜 세월
인간이 무릎 꿇어 바친 것은
내세였는가
이 땅의 구원이었는가

살기 위한 부르짖음이었나
죽음을 건너려는
마지막 손짓이었나

그 이름으로 불린 신은
과연
어디에 계셨는가

불빛 같은 계시들은
참된 현현顯現이었는가
아니면
두려움이 빚어낸 환영幻影이었는가

끝내 풀리지 않는 이 물음 앞에서
나는 오늘도
믿음과 의심 사이에
촛불 하나 켜 들고 서 있다

자하문 고개 너머 마을

7부

자하문 고개 너머 마을

민들레 꽃

멀리도 왔구나
노아가 너를 두고 배 띄울 때
백발이 홀씨가 되어
바람결에, 구름을 타고
바다 건너, 산을 넘어
먼 곳까지 왔구나

지난 봄
담배꽁초 질근대던 사내가
우격다짐으로 메꾸고 다녔건만
눈바람 휩쓸 때
마른 잎 덮을 것도 없이
흑암 속 홀로 묵상하다
때가 오면
비집고 솟아나
고운 자태로 웃는구나

네 먼 조상의 계명이던가
문명이 토해낸
소음과 매연이 덮인 이 땅에

소망의 전도자로 왔구나

자식 차에 실려 간
뒷집 노인의 적막한 요양원에
산자락 바위에 기대 선
포방 터 산길 95번지
일감 잃은 김씨 집
돌담 밑에도
이 잔인한 달, 4월이 오면
햇살이 퍼져
모진 시련 다 잊고
행복의 미소로 찾아오렴

네 노오란 민들레 꽃이여

여울

그는 잠을 잊었다

고여드는 물을
낮은 데로, 더 낮은 데로
나무라지도, 외면하지도
게으름도 없이
기울기를 따라
보듬으며 흘러간다

피라미 새끼 근육을 키우고
성깔 있는 돌의 모서리를
조용히 다듬는다

노을이 물들고
달빛이 부서지고
안개가 덮는다

번민에 뒤척이는
이 밤의 숨결마저
천상의 자장가로
흘려보낸다

산山

북한산이
어제는 비구름을 감고
저만치 떨어져 있더니

물소리에 깨어 보니
말끔한 얼굴로
성큼 다가와 섰다
오지랖에 고인 비를 쏟아내며

태평하구나

어느 땐
밤사이
세상이 바뀌어 있었느니라

어미 청둥오리

말랐던 개울에
물이 불어난 9월 하순
웅덩이 한가운데
이끼 낀 돌 위에
목을 세워 날개를 털며
가을비 맞는 어미 청둥오리

지난 5월
은밀한 풀섶에 깃털 뽑아
둥지 틀고 품어 깨운
여덟 마리 새끼들
물길을 따라 오르내리며
햇살 속에 깃털을 말리던 날들

그늘에 숨어있던 얼룩고양이 한 마리
기어이 새끼 하나를 물어가고
어미만큼 자란
남은 일곱은
이제 제멋대로 오르내린다

초여름 물 가물 때
큰 강으로 날아간 오리떼

그 자리에 남은 어미는
산책길에 모이 던져주던
인정 하나에 마음 묶여
끝내 떠나지 못했다

개울물 불어 물 맑아지자
어디선가 날아온 오리떼들과
뒤섞여 노는 새끼들

여뀌풀 언저리 가지 말라
잇속 밝은 무리들
벗 삼지 말라

돌 위의 어미는
비에 젖은 날개를
한껏 벌려
새끼들을 부른다

북한산 소나무 · 1

세상 되어가는 것 보니
나와 생각이 다르다

동년배 영감들도
달라졌다

젊은이와 어린 것들은
말도 달라졌다
인사를 그림말emotion-icon로 한다

누굴 만나랴
홀로 산에 오른다

늘 가는 등산길
쉼터에 앉았다

나뭇잎 사이로
변치 않는 푸른 하늘이 보이고
흰 구름이 흘러간다

참 한가롭다

기대앉은 소나무가
등을 민다

흙 깊은 자리 다 내어주고
바위틈에 뿌리 내려
용케도 사는 생명

쓴 과일, 단 과일
탓해 본 적 없고
붉은 꽃, 흰 꽃
가려본 적 없네

내 등을 민다
"시비가리지 마
넌 늙은이야."

북한산 소나무 · 2

십년이 지나
그 후 또 십년을 넘겨
산에 오르다가

내가 기대어 앉은
이 소나무와
내가 동족同族임을 알았다

땅에 발을 뻗고
하늘을 보며
살아왔으니

농사農事 · 1

세상에 힘든 일이
한둘이랴

누구는 세상 바꾸겠다며
혁명까지 했는데
말년에 허업虛業이라 했다

누구는 눈 먼 사람 꾀어
일확천금 노리다
남의 나라에서
비명에 갔다

농사는
아무나 하는 게 아니다

후회할 일도
횡재할 생각도 당치 않다
오늘밤 세상이 끝이 와도
심을 건 심고
거둘 건 거두어야 한다

누리는 것에 대한
당연한 의무다

힘으로도
잔꾀로도 될 일이 아니다

간절한 바람으로
묵묵히 기다려야 한다

밟고 선 흙이
그냥 흙인 줄 아느냐

선대先代들의 몸이다
땀과 눈물과 피로 된 것이다

그 흙에서
생명이 움트고 자라니
어찌
경외하지 않으랴

농부는 헌신한다

골수의 진액이
땀이 되기까지

가뭄과 비바람은
하늘의 뜻일진대
힘써 도리를 다할 뿐

거둠의 결과야
풍년이든, 흉년이든
다음해
또 다음해를 준비한다

농사農事 · 2

농사가
하찮은 사람이
별 수 없이 땀 흘리는
노동인 줄 아는가

호구지책糊口之策 밥벌이로 아는가

불한당不汗黨이 어찌 알랴

저 과목果木과 채소들은
하늘을 향해 손들고
찬양하지 않는가

땅에 머리 조아리고
경배하지 않는가
흙 속에서 묵상하지 않는가

흙에서 왔으니
흙으로 갈 때까지
얼굴에 땀을 흘려야

먹을 것을 먹으리라

이는 하늘의 엄한 계명誡命

남은 세월
육신의 짐덩이를
땀 흘려 소진해야지
이 싱그런 초하初夏의 아침
동역자同役者가 되려
나도 텃밭 예배당으로 간다

유자留者는 어쩌라고

바람이 햇빛을 안고
곤히 잠든
4월의 오후

북악산 기슭
리기다소나무 가지에
밧줄을 거는
서른의 청춘 하나

"버티고 살라"
노송老松이 만류한다
"나는 280년을 견뎌왔다"

산비둘기 울음이 애곡哀哭으로 번진다
무슨 사연에
목을 매려는가
유자留者는
어쩌라고
구구구구—
구구구구—

둘러선 산도
따라 운다
구우구우―
구우구우―

고목古木

백사실 별서別墅 터
개울가 비탈에
오래 산 밤나무 한 그루 서 있다

속은 다 삭아
홈이 파이고
말라빠진 가지는
개울 위로 몸을 뉘었다

청설모 오르내리고
딱따구리 쪼아댐도
태연하다

녹음 짙던 시절
밤송이 열리던 해도
다 지난일

그는 다만
그 자리를 지키며
오가는 이에게

말을 건넬 뿐

"보아라
그대 어떤가."

긴 세월 흘러
내 몰골 이렇다 한들
한탄할 것 있겠는가

올 것은 오고
갈 것은 간다
생生과 멸滅은
본디 이치

순리를 좇아
한 겹 미련 지우고
한 겹 웃음 남겨
가면 족하니

산국山菊

구름 다 비켜간 푸른 하늘
삽상颯爽한 10월 하순
은행나무 노란 잎이 하늘 한 켠을 가린다

북한산 계곡
깎아내린 절벽 틈에
산국山菊 한 무더기
오가는 이의 발걸음을 불러 세운다

자하문紫霞門 고개 넘어
광화문光化門은 이방인들로 북적이고
대궐의 후손들은
어디로 갔는가

위세 높던 다스리는 자
총도 맞고 감옥에도 가고
세상 구하려 총을 든 자도
유골이 돌아갈 땅마저 없는
잔인한 세태여

절벽 위 큰 길가에는
뻔뻔스런 구호만 나부낀다

먼 나라에서 들려오는 포성과 비명
죽은 신을 위하여
산 사람들을 죽이는
위선과 경배여
아브라함의 죄업罪業이여

양지바른 교회에서는
헌금에 목쉰 설교만 메아리 치고
아멘의 감동이 없다
웃음 많던 신도들은
절간으로 갔는가

위선을 꾸짖던 신은
아직도 침묵한다

아—
그래도 산국山菊은 피는구나

하늘이 푸르고 짐승이 살찌는 계절
터전 잃은 절벽 바위틈에
노랗게 피어난 산국山菊
가을의 정기 다 모아
향기로 불러 세운다
이제 화평和平하자고
선한 체하지 말자고
그렇게 모질게 살지 말자고
산국山菊은 운다

월동준비

밤이 깊어지고
잎 진 나무가 바람에 떤다

서두르는 아내의 조바심
배추 열 포기
서리태 콩 한 말
고구마 한 박스

겨울의 정취가 그리운지
엄동의 예감이 두려운지
11월 중순
한 해가 저물 때면
해마다 허둥대는
월동준비

입춘立春

진눈깨비 흩뿌리는 자정子正
잠은 오지 않는다
모로 누워도 바로 누워도
편치 않은 육신

나아질 것도 나빠질 것도 없는
공연한 상상

늙음이란 병일까
상처 난 철포나리는
여름엔 꽃을 피울까

의사도 모르는 병으로
고통하는 손녀
잠이 들었을까

대학입시에 실패한 손녀
그 마음은 조금은 나아졌을까

내일이 입춘立春이라 한다

날이 맑아진다니
종묘상種苗商에 들러 볼까

입춘대길立春大吉 건양다경建陽多慶이라도
써 볼까

입동立冬

텅 빈 거리
찬 비바람이 울고 다닌다

플라타너스 잎
내 어깨 위에 떨어지고

꽃도 지고
멧비둘기도
울지 않는 계절
입동
까마귀가 운다

정든 사람
하늘 주소로 옮기고
다정한 것들은
모두 떠난
적막한 도시의 휴일

나는 무정한 사람들을
기다리는

막연漠然한 사람

남녘 볕에 자란 내게
북녘 바람 몰아칠
겨울이 오나 보다

오늘같이
날 궂은 날
손님도 없을
순댓국집에 들러

늙은 할매의
넋두리 들으며
뜨끈한 국물로
속이나 데워 볼까

동지冬至

소란을 떨던 찬바람이
밤새 부산함을 멈추고
세상은 적막하다

하늘은 푸르게 얼어
금방 깨어져 내릴 듯
단단히 굳었다

옛날, 임금도 이루지 못한 세상
주인도 머슴도
시어머니도 며느리도
팥죽 한 그릇 앞에, 서로 웃고
그 날은
차별도 반목도 없었다지

내년 동짓날엔
따뜻하게 불 지피고
이웃들 함께 불러
새알심 동동 띄운 팥죽 한 그릇씩
앞에 놓고

쌓였던 불화 털었으면

올해 동지
이리도 추우니
내년엔
풍년이 오겠지

북악北岳과 인왕산仁王山 아랫동네

북악의 무릎과
인왕의 발치 아래
우리가 살던 집이 있었다

골목을 건너온 햇살이
전깃줄을 따라 흐르고
한낮의 웃음이
낡은 담벼락 위로 번지던 동네

그곳의 사람들은
청운동
옥인동이라 불렀다

청운, 진명, 경복, 배화
초·중·고
품안에 안겨오는 이름들
삼남매의 발걸음은
늘 앞서거니 뒤서거니 달려갔다가
저녁이 되면
한 그릇의 밥 향기 아래

다시 하나의 집으로 모였다

1부―변해 가는 모습

채부동 교회의 종소리는
일요일마다 사람들의 마음을 깨웠다
나무 의자에 앉으면
허리보다 마음이 먼저 풀렸고
성가대의 화음은
구원받을 믿음을 품게 했다

그 교회는 지금
조명을 달리한 무대가 되었고
기도 대신 박수가 울린다
성가대의 합창은
관객의 웅성거림에 묻혔다

사람들은 말한다
도시는 변해야 살아남는다고

나는 묻는다
그렇게 살아남는 동안
누구의 이름이 지워지는가

푸른 기와의 집은
밤이 깊어질수록
내 등을 더 세게 눌렀다

문서 위에 박힌
한 글자 한 글자
그 긴장 속에서
나는 모르는 사이
내 몸의 삼분의 일을
그곳에 두고 나왔다

대통령이 떠난 뒤
마당은 관광지의 길이 되었고
삼각대와 찬탄讚嘆의 소리가
경호관의 발소리를 대신했다

경복궁의 뒷마당
근위의 함성은 사라지고
외국인의 웃음이
궁의 천년 위를 덮는다

2부-떠난 이들

청운동, 궁정동
효자동, 옥인동
이름만 불러도
먼지처럼 일어나는 얼굴들

라면에 갓 지은 밥 차려주던 할머니
양재기에 된장찌개 끓여주던 아저씨
술잔을 부딪치며
"내일 또 보자"던 이들
그 절반은 이미
다른 하늘 아래 누워 있다

다부지던 친구 의사
사람의 한생을 붙들며 살던 사람
그는 말했다
"모두가 죽지 않으려 하니까
나는 살아 있다."
그가 먼저 갔다

돈에 밝던 교회의 집사
철근을 계산서 삼아
빌딩을 세웠다
완성된 건물 아래
그의 폐는 조용히 닫혔다

수성동 계곡의 저택에 살던 어질던 장로님
"이 마을은 산이 키운다"고 말하던 사람
그는 떠났고
저택은 허물어지고
새로운 벽이 물길을 막았다

3부 – 지워진 자리

총성이 스쳤던 자리
돌비석 하나 없이 사라졌다
무궁화동산
아이들이
시해弑害의 피가 덮인 놀이터에서
아무것도 모른 채 웃으며 뛰논다

그 웃음은 맑고 아름답지만
그 밝음이야말로
역사의 입을 막는다

나는 그곳을 지나면
늘 걸음을 늦춘다
공기는 말을 삼키고
골목은 거울처럼
내 모습을 비틀어 비춘다

기억을 잃은 어른들은

아이들에게 무엇을 남기는가

4부─귀향 없는 귀향

나는 다시 골목을 걷는다
문을 두드려도
차 한 잔 건네줄 이는 없다

문패가 사라진 집들은
번호키의 불빛만 반짝인다
웃음은
자물쇠 바깥에서 얼어 있다

새벽마다 오르던
인왕산 약수터
오백오십오 계단은
여전히 오래된 돌의 숨결로
나를 기다린다

한 계단
또 한 계단
무릎이 떨려도
그 길만큼은 내가 기억했다

약수터의 찬물은
목을 적시며
나를 되찾게 했다
그 물을 마실 때마다
이 동네의 심장이
어디 있었는지 알 것 같았다

지금 그 샘물도
도시의 열기 속에 희미해지고
계단의 이정표는
낯선 신발의 속도로 닳아간다

돌계단은 나를 알아보지만
나를 부르던 사람들은
이제 없다

5부—남은 것

그러나 어느 저녁
북악의 그림자가 골목까지 내려오고
인왕의 바람이
담장의 먼지를 털어내면
나는 멈춰선다

그 때 들린다
삼남매가 오르면 계단의 숨
가방끈을 움켜쥐던 손
흙먼지를 차고 달리던 신발
아이들의 이름을 부르던 저녁의 목소리

그 모든 것이
바람의 등 뒤에서
작은 불씨처럼 흔들린다

나는 귀를 기울인다
돌담 틈에 끼인 햇살

사라진 문패의 자리
녹슨 못 하나

그것들이 나를 부른다
여기에 있었다고
우리가 살았다고
그리고 나는
천천히 대답한다

아직 여기 있다
삼남매가 걷던 길 위에
북악의 무릎 아래
인왕산의 발치 아래

자하문紫霞門 고개 너머 마을 · 1

봄이 먼저 오는 동네

별서別墅 터 주춧돌 앞에
민들레, 제비꽃 피고
북악마루 자락엔
진달래 꽃밭이 번진다

한여름 길가에
나무 그늘이 짙고
장원莊園골 웅덩이엔
청둥오리 한 쌍 논다

가을 햇살 터질 때
홍제천 개울가
볕을 쬐는 자라등 위로
은행잎 하나 떨어진다

눈 그친 겨울날
보현봉 정수리 반짝이고
석파정石坡亭 기와 위에
와송瓦松은 떨고 있다

문학관, 미술관, 예술학교
따뜻한 이름들이
제자리에 앉아 있다
추억을 찾는 사람들은 여전히 산다

담 너머, 건너편 저편에
산봉우리 산자락이
모두 보이는 마을

지나가며 나누는 인사
아직 남아 있는 인정

명절이면 손자 손녀
모두 모여드는
자하문 고개 너머 마을

햇살이면 이웃과 눈인사
한낮엔 들기름 냄새
멀리서도 알아보는
사람들 사는 동네

자하문紫霞門 고개 너머 마을 · 2

창의문彰義門 돌틈에서 불어온 바람이
북악北岳의 능선을 만지며 내려온다
석파정石坡亭 연못 위로 떨어진 소나무 한 잎
미동 없는 물결이 먼 시간을 천천히 되씹는다
백사실白沙室 능금마을의 아침
어스름한 햇살 앞에
굽은 허리들이 먼저 땅을 부른다
손끝의 흙냄새가
도시의 말보다 오래 남는다

세검정洗劍亭 물빛에 얼굴을 비추던 칼날들
한 번의 결심이
바위의 흠집으로 남아
지금도 물살을 따라 번진다
탕춘대 언덕의 웃음은
꽃비와 함께 흩어져
홍제천 상류로 씻겨 내려갔다
추사秋史의 별서別墅 터 묵향은
담장보다 낮고 하늘보다 길다
글씨 한 획이 사람과 산수를 묶는다

보현봉普賢峰의 바위는 구름을 어깨에 지고
비봉碑峰 능선 위 옛 글자는
바람에 닳아가며 천년을 기억한다
승전도 패전도
모두 그 침묵에 묻힌다

나는 능금나무 그림자 아래
작은 발걸음으로 길을 밟고
자하문 고개를 넘을 때마다
돌과 물과 바람이 말한다
너도 이 길의 한 조각이었다

자하문紫霞門 고개 너머 마을 · 3

자하문 고개를 넘는 길
바람은 뒤돌아 눈짓하고
도시는
조용히 목소리를 낮춘다

빌딩숲의 숨결이
산등성 너머로 흩어지고
어지러운 소음도
전광판 불빛도
어느새 멀어졌다

고갯마루를 돌아 내려가면
햇살을 품은 마을 하나

낡은 기와지붕 위로
까치가 조심스레 발을 옮기고
감나무 가지마다
붉은 해가 방울져 걸린다

담벼락 아래

마른 수국이 스르르 바스락이고
오래된 고양이 한 마리
햇볕을 베고 누웠다가
게으른 눈을 떠
나를 흘끔 바라본다

여기서는
시간도 느리게 흘러
소리보다
숨소리가 먼저 닿고
생각보다
바람이 먼저 마음에 든다

종일 도시의 속도에
가쁜 숨을 몰아쉬다
이 골목 끝에 서면

나는 안다
자하문 고개 너머

이 작은 마을 한켠이
오늘도
내 마음을
데워준다는 것을

그날이 오기 전에

집안 정원에
무겁고 큰 화분은 치우고
한해살이 꽃 대신
손 덜 가는 야생화를 심자

구절초, 들국화, 백합
진달래와 라일락을 심고
울타리엔 스칼렛 장미 덩굴을 올려
설레던 청춘의 때를
다시 추억하게 하자

장독대엔
항아리를 가지런히 놓고
오랠수록 황금빛 날
된장을 담고
다홍빛 고추장도
정성스레 담자
풋풋한 웃음 부딪히던
그 시절을 잊지 않게

텃밭엔
즐겨 먹는 과일나무를 심자
감, 사과, 살구, 자두, 복숭아, 블루베리
그리고 봄 입맛 돋우는
취와 명이, 두릅, 눈개승마도
자라게 하자

때마다
굳이 심고 호미질하지 않아도
계절 따라 준비되는
고마운 먹거리들
그 날이 오기 전에
미리미리 해 두자

한 가지
내가 못할 일이 있다
유언해야겠지

진달래꽃 피던 봄날
앉아 쉬던 바위 아래

소나무 두 그루 서 있는 곳
그 곳엔
내 육신 한줌을
뿌려달라고…

말벗 없는 외톨이 그대여
날마다 이른 새벽
교회당 앞자리에 앉아
머리 숙여 기도할 때

믿음대로 인도하신
하나님께서
남은 여생
곧고
곱게
지켜주시리라

그날

보현봉 정수리에 눈이 덮일까
북악산 뒷자락에 진달래꽃이 피려나

늙어 일군 텃밭 옆
장원골莊園谷 계곡물도 맑게 흐르려나
함께 오르던 백사실白沙室 산길에
상수리 열매가 떨어지려나

때가 오면
내 육신을 주체할 수 없기 전에
내 머릿속 송과선松果線에
영혼이 아직 남아 있을 때
한 번쯤 울어보고 싶다
참고 눌러온 한恨을
모두 쏟아버리고 싶다

육신의 뒷일은
남은 자들의 몫
어디로 가든
무엇이 되든

그 또한 어쩌랴

그리고
그날은
진달래꽃 피고
산비둘기 우는 날
그날이었으면

그날 후後

구름이 떠가겠지
마당에 노송老松 가지마다
노을이 물들겠지

앞산 기슭엔 진달래 피고
뻐꾸기와 산비둘기도 울겠지
그때처럼
애달프고도 구슬프게

골목길 섶엔
민들레가 또 돋아나겠지

동갑내기들도
살아서 보지 못한
낯선 산, 낯선 곳으로 떠나겠지

명절이면 자식들이
꽃 한 웅큼 사들고 찾아올까
아들, 딸 따로따로
저마다 바람 쐴 겸 오겠지

그때쯤
떠난 어버이 생각이 날까
동기간에
안부라도 물으며 살까

어쩌면
남아있는 사람은
일어나
아침밥이라도
먹으려나

자하문 고개 너머 마을

지은이 / 최재웅
발행인 / 김영란
디자인 / 지선숙
발행처 / **한누리미디어**

08303, 서울시 구로구 구로중앙로18길 40, 2층(구로동)
전화 / (02)379-4514, 379-4519
Fax / (02)379-4516
E-mail/hannury2003@daum.net

신고번호 / 제 25100-2016-000025호
신고연월일 / 2016. 4. 11
등록일 / 1993. 11. 4

초판발행일 / 2025년 12월 20일

ⓒ 2025 최재웅 Printed in KOREA

값 20,000원

ISBN 978-89-7969-915-9 03810